六花書林

歌集

海に向く

越田慶子

海に向く　＊　目次

装画　浅野輝一
装幀　真田幸治

海に向く

蟬の木

青膚に冷えてしづかな汗をかき水甕立てり三和土《たたき》の奥に

梅雨晴れにペパーミントのつんつんと匂ふを手折り髪に挿したり

粗土《あらつち》のにほひを残す馬鈴薯の小粒をみづに放ち置きたり

汝《なれ》の死を三年のちに知りしとき足裏《あうら》なくして砂地を行きぬ

蟬の木といふべし星の数ほどの脱け殻負ひて高きユリノキ

原爆忌祈るほかなし朝八時ゴミ収集車の「赤とんぼ」過ぐ

白シャツの袖まくりあげ熱かりき二〇〇九年のバラク・オバマは

円空の仏

空晴れて無住の寺の松の木のいただき占めて四十雀鳴く

何事のなき夜なればグレツキの三番「悲歌のシンフォニー」を聴く

おもひつきり梅干し投げたと言ふ人が指さす壁に跡の残れり

円空の削りし仏のやうだつた大滝秀治《おほたきひでじ》がかつか笑へば

薬草園の暗き木立のその果てに檻に輝く芥子の白花

十年のねむりの後の清し女《すがめ》やふり向きざまの道綱の母

針箱にほどよき深さと使ひをり「白い恋人」のアルミの小箱

山女《やまめ》棲むゆたけき水の天井を春のあぶくはふくふくゆけり

静脈認証

ジャンケンに掃く拭く炊くを決めにけりをんな三人《みたり》の共同生活

朝市の籠に若鶏五百円三月そだてて食べよと言はれぬ

ふつくらと鯖の味噌煮の炊きあがり三人の夕食にぎやかなりき

掌《てのひら》を鰈焼くごと伸ばすなりATM機にて静脈認証

日の経ちて手になじみ来る文庫本イザベラ・バードの『日本紀行』

セーターを着るよろこびの戻りきぬ空にひろがる鰯雲見つ

出雲紙に龍といふ字を書いてをりいまだ見もせぬ龍といふもの

雪の夜は身を寄せあひて眠りたり夢に水汲むわれといもうと

蝌蚪

自然米を作る生業《なりはひ》詠ひつつ老いに分け入る友ありわれに

たゆみなき日々のくらしに歌は生《あ》れ歌集となりてわがもとに来つ

ふんだんに米糠まかれ鋤かれたるしあはせ田んぼ瀬戸内にあり

千万の蝌蚪《くわと》を代田に生かしめて早苗を植ゑる人とその夫

半夏生《はんげしやう》のころは毒の雨降ると古来言はれて七月二日

母指球にのりて朝の背伸びする二合の米をふつふつ炊いて

曲げ伸ばし自在なりにし両膝に閂《かんぬき》小僧の住めるこのごろ

竜宮

空ちかき尾瀬ヶ原には竜宮と呼ばるるところありて水湧く

さやさやと五月の森は花盛り竜宮小屋へ夫と子と行く

熟れ落ちし桑の実足裏に感じをり「子離れ登山」の鳩待峠

葉アザミがびゅんびゅん伸びるわが庭に緑の放埒とどめがたしも

トネリコの樹雨降るなり野良猫に金魚とられて庭甕うつろ

虫封じ穴八幡《あなはちまん》神社の古書市をめぐりて買ひぬ『小園』一冊

そのかみに二頭のパンダ贈られき人民服の周恩来より

アルタイを越えて来たるやネコジャラシ風吹くままに野川のほとり

起き出でてふかく息する二度三度きのふの続きとならぬまじなひ

十年来あいさつのみに付合ひの人にいただく葉つき大根

夏鱸《なつすずき》一尾をさばく心地にて大根一本流しへはこぶ

水羊羹

ゼルキンの「皇帝」聴きしその夜に熱出でにけりはるかなれども

水羊羹の角を掬へば小皿よりきよらなるもの消え失せにけり

あたらしく妻を迎へし画家の絵に女きはめて簡素に描《か》かる

駆け落ちを知らざる十二のわれにして叔父の荷物をはこぶ手伝ひ

思春期はおもしろきもの電車にはカップルばかりと息子が怒る

夏の夜眠れぬままに旅行記を読む一章は香港・澳門《マカオ》

旅先のサイコロ賭博に熱くなるリュックの青年われかもしれず

アガメムノンの仮面

ひぢ掛けの中よりテーブル繰り出して機内につくるわれの空間

地下鉄にアクロポリスといふ駅あればふらりと降りる旅は三日目

アガメムノンの仮面見たしと願ひつつわが半生の過ぎてしまへり

黄金の仮面を衛《まも》る警備員化粧《けはひ》濃くして巫女のやうなり

シュリーマンの手づから掘りし仮面見つガラス一枚の隔たりもちて

冥界を往くもののみが付けしといふ仮面の双眼洞《ほら》をなしをり

公務員ストライキにて閉館と言はれ出でたり考古学館

白ワイン選びに迷ふ旅人に郷の人の言ふクレタがよしと

青いりんご

密林に目覚める心地すぬばたまの六つの眼《まなこ》に見つめられつつ

わがためのインフォームド・コンセントにさりげなく生存率もふれられてをり

二〇〇六年サッカーW杯ドイツ大会

ねむられず四階病室に聞くラジオ夏のドイツに日本惨敗

きのふよりにはかにふたりの相部屋となりて親しむ人の気配を

点滴の台をからからから引きながらエビアン買ひに外来棟まで

安らけく夏の息する見舞客青いりんごをくるりと剝けり

ミステリーを好まぬわれはつれづれに『ダ・ヴィンチ・コード』を読み耽るなり

「犯人はだれ」と聞きくる回診の外科医の頤《あご》の剃りあとの濃し

わが顔の睫毛眉毛の抜けはじめよくよく見れば亡き母に似る

離れ住む子に頼まれしモーニングコールをせむと朝待ちかねつ

わが主治医五月女《そうとめ》先生のよくひびく声がちかづく廊下の角から

暮れなづむ町に帰りぬものなべてよそよそしくて水無月の橋

船酔ひ

乗り継ぎを逃《のが》してひとり見るとなくカーブに尻振る電車を見をり

次発まで待つ間のホームに稲田からそよと眠りをはこぶ風あり

近づけば両手伸ばしてとほせんばう自動改札機飛び越えむかな

母よりのミトコンドリアしんねりとはたらく暑き夏を好むも

晴れた日はサンフランシスコの見ゆるかと背伸びをしたり白銀岬《しろがねみさき》

墓はみな海に向きつつ立ち尽す共同墓地に老鶯《らうあう》鳴きぬ

ゆふなぎの山鳥渡しに船待てば声をかぎりにわれをよぶもの

カチンコに海岸通りを駆け抜けき若き役者の三船敏郎

夏花火消えし波止場のくらがりを帰る人波ながながしかり

わたつみの沖に潮合《しほあ》ふところありマッコウクジラの啼きつつ渡る

女川町塚浜

浦島《うらしま》太郎の戻りしやうな塚浜の白砂《はくさ》のうへに原発三基

船酔ひにくるしみて着く暑き日の陸《をか》は海よりわづかに高し

『薔薇の名前』の上巻下巻

銀杏町の千年銀杏におんおんと伸びる気根に触れたきものを

生物学博物館にて

ドードー鳥の剝製見上げ「最後から何番目なの」と聞いてしまへり

老人介護施設にて

「苦しまず死ねますやうに」と連綿体にねがひ書かれし七夕飾り

ふつくらと墨ふくませて筆先を迷はずおろし竹浄《ちくじやう》と書く

切り傷にバンドエイドを巻くゆふべ左手小指そこにをつたか

胸の上にチワワをのせて溶けてゆく男あるなり木陰のベンチ

ぬばたまの髯の選手のあまたゐてのどかならざりボストン・レッドソックス

ひたすらに身を閉ざしゐる黒き種七つをコップの水に沈めつ

図書館の廃本コーナーに置かれあり『薔薇の名前』の上巻下巻

「パリの本」そはよき絵なり若き日のゴッホの油彩の色あはくして

ふかぶかと椅子に沈みて出番待つ老優のごとし検査室前

内視鏡すべらかにゆく腸管がノウゼンカズラに見ゆるたまゆら

ほの暗き喉《のみど》にひかりを入れながら「翼をください」歌ひはじめつ

声合はせ歌ふよろこび知りてより脳《なづき》は透いて鳥のやうなり

ポット苗三つ四つ買へばうちつけに雲の中より稲妻走る

暗闇のかなたに見ゆるピンホールへ吸ひ寄せられき小仏トンネル

「井戸の茶碗」

初笑ひに落語はいかがとんとこと出囃子ひびくビルの九階

腰低く噺家さんのあらはれて出前落語の包みをほどく

噺家は年神様のやうになり善人ばかりの咄《はなし》をかたる

縁起よき「井戸の茶碗」の可笑しさをみなで聞くとき輪をなす熱気

侍はかく清貧にあるべしと訓《をしへ》は言はず人情噺

イスラムのユーモア知らぬわれなれば小咄ひとつ聞きたきところ

「お近づきのしるしに」と言ひ高砂を謡ひ通しし国東先生

鶏頭の花束

鶏頭の花束抱へて女立つグラウンドゼロが放つ鈍色

薬のむ朝のみづのつめたさよコップの中に秋は来てゐる

遠くよりわれをみとめてそよぐごと挨拶送りくれる女《ひと》あり

わが父は旧陸軍の輜重兵《しちょうへい》雨が降っても傘は差さない

セザンヌは雨にうたれて死に至ると言へばうなづく八十八歳

これの世の平らかなれば出番なし軍手安いと二ダース買ひぬ

母言ひき「南蛮売りに気をつけよ鳴子ならして雨を降らすよ」

冬の包帯

青竹を踏みつつ聞きぬ電線にいいよいいよと鵯《ひよ》なく声を

冬の楠《くす》つよく匂へる丘の上に素戔嗚《すさのを》祀る社のありぬ

ウバメガシの下に眺めつひしひしと錆びゆく朱《あか》の疱瘡神社

少年のあかがね色のむきだしの脛にまかれし冬の包帯

かたつむりの殻にちひさく開く穴を既婚のしるしと少年言へり

わが視界を太き楠の木遮ればおとうとに似し少年は消《け》ぬ

伊能大図

連休のひと日の午後を踏み歩く伊能大図《いのうおほづ》のレプリカの上

紺の地に「御用」の文字の著《しる》けきは伊能測量隊の旗とぞ知れと

ふるさとの大肝入の木村家に宿りしと聞く伊能隊一行

縮尺は三万六千分の一フロアにのたり日本列島

わが生地女川浜《をながははま》も記しをり大日本沿海輿地全図

暮れかかる水平線を見つつ行くビールを買ひに女川浜まで

かへりきて火照る踵《きびす》をあらふとき自愛のこころ自づから湧く

鯉掴み

長沙の丞相・利蒼の妻

遥かなる長沙の木乃伊の胃にあまた甜瓜《まくは》の種ののこるを聞きぬ

ゴム手袋に歯科医の指《おゆび》いくたびもわが口腔に入りて作業す

道の叉《また》五つに分かれる所にてしばし探しつ連雀通り

鉢植ゑのノボタン積みてペダル踏むだらだら上りの鞍骨坂《くらぼねさか》を

鯉摑《つか》みの土人形をかざるとき齢《よはひ》かさねしわれさへ逸る

二の矢の柄折れしを接ぎて弓飾りみどりまばゆき毛氈に置く

遠山ゆひとすぢの水ながれくる二枚続きの夏の襖絵

そのむかし武士《もののふ》の血に染まりたる設楽原《したらがはら》に菫むらさき

ケルズの書

八雲立つ出雲の地にて妻籠《つまご》みのラフカディオ・ハーンの父祖《おや》の国まで

ラジオからヴァン・モリソンの流れきて七月五日幸先のよし

ドブリンと発音すべしとガイド言ふダブリン発のツアーバスのなか

大学の旧図書館に蔵はるるケルズの書のため列につきたり

学芸員を名乗る男に渡されし日本語版の解説文書

使徒マルコは鷲の象《かたち》に描かれをり福音伝ふケルズの書なり

日本語は独習せしとすずやかに言ひ来し人の忘れがたかり

並ぶこと少しも厭はぬ人となりギネスタワーに黒ビールを飲む

車掌

東海の島より来たるわれにしてノースステーションの人込みにあり

窓口にあかい表紙の旅券出し往復切符《リターンチケット》一枚買ひぬ

シニアゆゑ切符は半額と言はれつつ瞬くいとまあらぬ旅なり

絵本には車掌はつねに太つちよでけふの車掌もしかりおもしろ

AMトラックはアメリカの旅客鉄道

雪の野にナナカマドの実赤々と映えて安らぐAM《アム》トラックに

終着駅ポートランドは宵の口大きなハグもて迎へる友は

冷めきつたふたりの間《あひ》を気づかせぬホストファミリー初老の夫婦

限りなくテーブル続くと見せかける壁の鏡に真昼のひかり

憎しみの日

道元が自己を習へと言ひてをり白き芙蓉の初花を見る

宮古島ピンザアブ人

憎しみの日のありぬらむ二万年前を生きゐしヒトの頭骨《とうこつ》化石

ゆふぐれの聖ヨハネ病院坂下にふたりを降ろしバスは発ちゆく

来てみれば籤売る声のぼうぼうと駅前広場を燃やさむばかり

東京駅丸の内南口改札

原敬ここに倒るの標《しるべ》見つ改札口より数歩のあゆみ

一九六〇年五月

チリ地震津波の日のこといまもなほ夢に出できてわれは苦しむ

水漬く街ニューオーリンズの遠けれどハックルベリーにおもひは及ぶ

なによりの名古屋土産は社会人息子が放つ仕事のにほひ

白いカヌー

立膝に白いカヌーを漕ぐ人へ電車の窓から手をふる夕べ

渡らずば父のもとには帰れない泥水《どろみづ》逆巻く北上川を

あす逝くをつゆ知らずしてほろ酔ひの祖父齧りゐき真赤なトマト

そのあゆみ亀より遅しと吾が言へば奥歯をみせて父は笑ひき

読みたきは姜尚中《カンサンジュン》と言ふを聞き小雨のなかを買ひに出で来つ

風呂の火を見に行きぬらし　いつまでも母の気配をのこす縁側

手の窪にかかる重みのここちよし梨の実ひとつ剝くをためらふ

鉄鍋の底の赤錆こすり取りほそく油を垂らすうつしみ

三月十一日

浦波のつよくしぶける岸ちかく渡りの雁《がん》の群れてあそびき

亡き母にゆかりある人たづねきぬ父のはぢらふ雛《ひひな》の日なり

*

女川《をながは》を遠くはなれて庭に咲く馬酔木の泪をわれは見る人

土台のみ残りをるらしわが生家　流れしと聞く夫婦灯台《めをととうだい》

老い父の行方は不明いたづらに七十二時間遣りてしまへり

大津波ふるさと襲ひ七日めは粗塩《あらじほ》降るやとおもふ雪降り

パソコンの避難者名簿に父の名を見つけてくれし東京の人

生存者の手書き名簿のかたすみに父の氏名の蹲りをり

カーナビを急かして進む三陸道にわが溜息はみぞれを呼びぬ

女川の役場は半旗を掲げつつ海に向かひてさらぼうて立つ

むき出しのタイルの床を可惜《あたら》しむここが玄関と言ふも虚しく

ご近所の竹内さんの三人のいまは知らないだれも知らない

中学の同級生の十五人帰らぬ人となりし現実

完膚なきまでに破れしふるさとに掛けることばをわれは持たざり

新避難路の完成記念と配られき町内会の名入れタオルは
おとなりの米寿にちかきサトさんは新避難路を逃げ果せたり

この先の父のいのちの杖となる罹災証明書をもらつて帰る

覚めて見るべし

一宿の佐沼の朝は花曇りあはれうつしみ白き飯食む

刻まれし指《おゆび》の渦巻き朱《しゅ》に染めてちちのみのため印《いん》となすなり

ひと通りの書類審査を受けしのち介護施設に父と会ひたり

避難所を四か所渡り来しと言ふ父からうじて歩行は可能

銀行の裏手に回ればうづたかく土嚢は積まる汽水のほとり

しづ子さん汝《な》が家跡にジシバリの黄《きい》の花咲く覚めて見るべし

はつなつのひかりの底を舟がゆく「不明」の君は「死亡」となりぬ

支へあひしご近所さんはちりぢりになりてのこりぬ星空だけが

スナップ写真

朝庭に冬青《そよご》の枝を切るあはひ蝕のすすみて翳は濃くなる

父宛てに消毒済の印《いん》のある小包とどく女川町《をながはちやう》から

家跡の瓦礫のなかに拾はれしスナップ写真五十枚ほど

一枚のメモは伝へる洗はれて泥ぬぐはれて消毒済と
大勢がさざめきあひて酒を酌む写真のなかに父母のあり

けふあすを思ひわづらふ人あらず写真にわらふ八〇年代

感動は日ましに薄くなるものか父は語らずアルバムを閉づ

にごりなき響きの鈴《りん》をもとめたり北向く窓の仏具の店に

考へのとほくへ飛ばぬことやある床屋へ行くと父は言ひ出す

一挺の刈り上げ鋏が北壁《ほくへき》をのぼるごとゆく父の後頭部

伊達家の門

大事なるものは流せど日に三度《みたび》正しく食す父ありわれに

宇和島藩伊達家の門は鎖《さ》されをり「たてもの園」は休館日にて

くれなゐの蓮花《はすはな》見せむと車椅子をきしきし押して坂をのぼりき

挑みくる波頭のやうな大縄をふはりと跳びて少女駆け抜く

枯れかかるシンビジュームにきみどりの息をかけつつ君はみつめる

多摩川の氾濫原に縄張《なはば》りしカワラノギクを見守《まも》る人あり

じつくりと枯れゆく喉を聞きたかり浪曲師国本武春逝きぬ

ふるさとの酒「日高見《ひだかみ》」は冷《ひや》でよし夏の夜なればグラスに注ぎぬ

わかくさの恥ぢらふ少女の面差しのこけし捨てあり燃えるゴミの日

旅の枕

わが胸の空気を入れてふくらます旅の枕は馬蹄形なり

雨粒はきらめきながら落ちてゆくショパンのバラード罪のにほひす

干天はながくつづきぬ麦畑《むぎはた》に老いしライオン眠るがごとし

あきらかに月は夜毎に太りゆく旅人ひとりガリアを行けば

サン-マルコ修道院の階上にのぼりて見たりフラ-アンジェリコ

神の子を身籠ることをいま告げる天使の羽のふっくらとして

ざわざわと麦の穂かぜにうねる野の果てに帆船と見ゆる城あり

アイリスを抱へて路地をわたりゆくロマの少女は黒豹のやう

ヴァチカンにヨハネ－パウロ二世ひそやかに「漁師の指輪」外さるを聞く

熱出でてひとり伏しをりクリュラの灯台あかりとほく見るのみ

慶長の侍の裔《すゑ》いまにありハポンの姓を名乗るひとびと

甲冑を着けたる騎士のすがたして薔薇の新芽はフェンスを越えぬ

スペイン　タラゴンの町

石の薔薇咲けるがごとし海の辺にコロッセオだけが今にのこりぬ

蒼色のスポットあびて廃園に踊子草の爪立てるとき

かうもりの棲みてひたすら仔をふやす聖家族教会受難のファサード

カスピ海ヨーグルト菌夜々そだて秘密結社の一員かわれ

夢のなかぷあんぷあんとラッパ鳴る旅のサーカス象を連れ来ぬ

つりがねにんじん

絽の白き単衣《ひとへ》のをんなのあたりから空気がしまる相撲夏場所

決まり手の鮮やかなるをくちぐちに言ひつつ食すどぢやう鍋かな

夏の宵花屋の前につながるる犬の双耳《さうじ》のきりりと立てり

夕ぐれの谷中の墓地の坂下にいっしか灯るこの世のあかり

木の陰のダンボールハウスに住む男客間持つらし友たづね来ぬ

あらあらと蚊帳吊草の庭となる日銀寮は無人のままに

日に干せる毛布ばたばた叩く吾を移動の民の子孫《すゑ》としおもふ

連れあひて日《け》ながくなりぬある時は主《ぬし》がふたりの家となしつつ

あかねさす晴れも曇りも連れ薬君に五粒吾に一粒

むざうさに白髪まじりをまとめ上げ珊瑚の簪さしてみたしも

張りのある声かはりなし亡き母の妹さとりさん八十九歳

ラム酒飲みナイフに林檎を突き刺してはやる片脚シルヴァーいづこ

店先に子猿飼ひゐき石巻「サルコヤ玩具店」おもふ日のあり

うす汚れ昭和通りに立てる歌碑「あゝ上野駅」に鳩が来てゐる

かんなみ仏の里美術館

「拝観の記念に押してみませんか」仏像絵柄の消しゴム判子

道の端に葎《むぐら》突き抜けむらさきの花揺らすなりつりがねにんじん

小郡

結婚式の招待状が届きたり常しづかなるわが家のはづむ

縁ありて秋に結納かはせしと甥三十八歳一世の文に

小郡に雪は降るなり神前に夫婦《めをと》の誓ひ聞きゐしころを

八歳の年の開きを思はせぬだうだう花嫁真幸くあれな

小郡は中原中也のふるさとにしてしづかなる山あひの町

遠縁のむすめを妻に迎へしは中也記念館に知りしことなり

母フクはやさしき人にありしともこの世に長くありしとも聞く

柏槙《びゃくしん》のねぢれねぢれて空を突く中也の遊びし庭に根を張る

縄文土偶

ファックス機はたはた紙を吐き出せり自白のやうな間合をもちて

貝塚に縄文土偶を掘り当てて九歳《ここのつ》われは宝を持ちぬ

モニターの画面にあらはるるわが臓腑劫《ごふ》のはじめのごとく渦巻く

いまは亡き巖本真理をとほく見て黒髪の王妃とぞ言ひたかりけり

ひと粒の宵の灯《あかり》のかがやける生家を見たり最後と知らず

かなしくも天与の才の潰えたりカラヴァッジョ、一葉、ジミー・ヘンドリックス

川の辺にさざめきあひて鍋釜を遊《すさ》びのやうに磨くひとびと

雪の日に母にならひし機結《はたむす》び空気ふるはせひしと緊まりぬ

藍色の朝顔ふたつ咲いてをりはらから安寿と厨子王のごと

病み臥せる夫へひとつ腎臓を分けやる人の言ふを聞きをり

アンリ・ルソーの絵画「夢」

たれからも遠く離れて夢をみる椰子の根方にヤドヴィガのあり

テレビからグアテマラ国歌の流れ来る今宵サッカーの親善試合

シーザーの頭に似てゐる大雲がゆるりと過《よぎ》る空のまほらを

紐に繋がれる命

留守がちの家族の庭に繋がれる中型犬を見ればばうたたね

八歳の雌とこの家の子に聞きぬ名は知らぬゆゑ定子《ていし》とよびぬ

父と行く散歩道にて野村家の定子に会ふことかたみに言はず

スニーカー二足干さるる生垣の奥に尾を振る気配のありぬ

ひもすがら紐に繋がれる命なりわれに関はりのなきをかなしむ

浮き輪から空気のぬけてゆくやうなひと日はありぬ震災日乗

菓子期

起重機は兵《つはもの》だちてくろがねの柱をはこぶ渋谷の空へ

シャガールのにはとりのやうな白雲は風に追はれてちぎれゆくなり

執拗に起き上がりくる小法師の額突《ぬか》きかへし戦ひ止めず

もう一度生まれ来るなら縄文の三内丸山栗の木の下

少年のためにマドレーヌを週一に焼きたる頃は菓子期と言はむ

漫画本『こち亀』楽しむ父子《おやこ》なり二人の間に割つて入れず

にぎはしき外の面とみれば十六夜の月歌ひつつ傾《かぶ》きゆくなり

月光《つきかげ》の差すガラス戸に蹠《あしうら》をひよんと置きつつ夜番《よばん》のヤモリ

高層のフロア

上野駅を発ちたるバスに丘をこえ龍岡門まで運ばれ来たり

本日の受診予約者四千余と記されをりぬ東大病院

月一の入院加療の最中《さいちゅう》と聞けばノンちゃんに会ひたくなりぬ

難病の人と自らを言ふ友を見れば変はりなし飄々として

高層のフロアに午後を見下ろしぬビルの囲める枯蓮の池

転勤先に息子夫婦の発ちゆけばわが東京はやや軽くなり

桐の花

松に添ふしろたへの百合萎れつつ瓶にしづけし正月五日

父の爪を切りてやらむと手をとれば氷柱《つらら》のやうな冷たさにあり

おもむろに頼みがあると父の言ふ赤ボールペン買つて欲しいと

屈強な男に攫《さら》はれここにゐる目覚めて父の言ひたる朝

罪人のやうに繫がると父が言ふ老人病院の身体拘束

危なげな父のあゆみに気を取られけふの落暉を見逃しにけり

ハンチングを目深にかぶり女川へかへると動かず三日ののちは

失ひしことは語らず朝夕に食せしものをノートに書いて

桐の花天を指しつつ咲きをりき父を送りて帰る坂道

年ふりて目元口元ゆるびゆくこけしを磨く物憂き日なり

津波ヴァイオリン

水漬きたる古家の梁にありにしを前世と言ひぬ津波ヴァイオリン

手から手へ日ごと弾き手の変はりゆく津波ヴァイオリン草上にあり

ヴァイオリンは生《あ》れて四年目若さゆゑ無鉄砲と言ふけふの弾き手は

無伴奏ヴァイオリンソナタ、シャコンヌに激しき波のしぶきの混じる

女川は巨大防潮堤を造らずと聞けばうれしいふるさとだより

嵩上げの工事がつづく女川に生家ありにし場所をさがせず

おとうとの握りの癖が柄にのこる刺身包丁布に巻きたり

歩幅を伸ばす

青色の手術ベッドに移されしのちの意識はふかく蔵はる

とほくより呼ばはる声のずんずんと近づき来たり額《ぬか》の上まで

目覚めれば脚の痛みの消えてをり清らな違和感あたりに満ちる

人工の股関節挿入の説明をうけて安堵のねむりに落ちる

懸命な看護師、介護士に守られて一日《ひとひ》ののちに絶食解かれぬ

杖をもち歩行訓練する朝の蟬声トンネル出でてまた入る

余熱もつ土の面をふみしめて術後の脚の歩幅を伸ばす

しづむ物置

裏庭にひかりをあつめ鞠をなす紫陽花の青にしづむ物置

けふは差すあしたはもつと差すと言ふ紫外線情報の声やはらかし

印象派の絵にすむ人のやうに吸ふ木陰につもるあをい空気を

上げた手をもとに戻して背中にも溜めた空気をほそく吐くなり

『夜明け前』を読み通ししは前世紀四肢に力の漲りゐしころ

薬師寺の仏足石に名の残る越田安万呂《こしだのやすまろ》汝なにもの

樹木観察会

ぜつかうの観察日和と案内人《あないにん》言へどもうぢき雨が降りさう

うすぐらい林に斑入りの葉の明かしネグンドカエデに落ちる雨粒

榧の木に囲まれをれば八億のわが肺胞に力は宿る

榎《えのき》さんといふ同級生のありにけり学生時代はとほきむかしに

街道の一里塚にぞ植ゑられて翳《かげ》をなしにき榎といふ木

この森で一番高い木は真直ぐあけぼの杉の名もて呼ばれる

六月

南天の花をゆらして雀去る物の影濃き六月の庭

桑の実のむらさきの汁くちびるにつけて笑ひきお嫁さんごつこ

白き苞を十字に開き雨を欲る衛生兵のやうなドクダミ

一枚のがん封じ札は三河なる西浦不動よりかの日届きぬ

いつの日かお札をさめに行くべしと月日かさねて十年《ととせ》となりぬ

いづくへか渡りてゆきぬアオバズクとつとつ一夜《ひとよ》鳴きしのみにて

ボルドーを二人で空けて見も知らぬ同士のやうにのぞみを語る

一時帰休

のこる日を思ふともなしテレビにて『三屋清左衛門残日録』を見つ

ふたむかし前は子どもにありし女《ひと》コロナ避難と赤子連れ来ぬ

英国にルーシー、ソフィーの姉妹ありコロナ禍のもと一時帰休《レイオフ》なりと

スーパーの棚に一房のこりをりエクアドル産バナナ芳《かぐは》し

代替はりかさねて庭に棲みをりしニホンカナヘビこの夏は見ず

尾花沢に移り住むといふわが友よ送りゆかまし板谷峠まで

跋

海に向く人

小池　光

朝日カルチャーの短歌講座を引き受けてずいぶん長い時間がたった。越田慶子さんは、二〇〇三年に受講生となられ、月に二回熱心に通ってこられた。それから二〇〇五年には「短歌人」に入会し、今日に至るまでわたし宛に毎月の歌稿を送ってくるようになった。短歌をはじめて二十年近い時間が経過したわけである。ここに最初の歌集を編む。それを祝し、祈念し、これまでの縁から小文を綴ってわたしの役割とする。歌集のゲラを眺めつつ、こういう歌が印象に残る。

船酔ひにくるしみて着く暑き日の陸《をか》は海よりわづかに高し

越田さんは、宮城県の女川の出身である。女川はオンナガワではなく、オナガワと読む。石巻からさらに東に、牡鹿半島の付け根にある港町である。同じ宮城県の出ながら、女川にはわたしはこれまで行ったことないのだが、『海に向く』という歌集題そのままのところであろう。

歌は、郷里を訪ねた折のものだろう。船でどこかに行ってみたが、したたかに船酔いした。やっと接岸して陸に上がったのだが、そのとき下句のような感慨が訪れた。陸、海、とまったく別の世界のように思っているが、実は陸地とは海より「わづかに高」いところにすぎないのである。わずかに高ければ陸になり、わずかに低ければ海となる。この発見はなかなかにあたらしい。

わが視界を太き楠の木遮ればおとうとに似し少年は消《け》ぬ

これは別の歌だが、印象的だ。越田さんには弟がいて、しばしば歌に出てくる。姉、弟という関係は、はらからの中でも特別の陰影があるものだ。視界いっぱいに大きなクスノキが立つ。そこに前を歩いていた少年がふっと隠れるように、消えた。実景というより心象風景なのだろうが、うつくしいリアリティがある。佳品とおもう。

生存者の手書き名簿のかたすみに父の氏名の蹲りをり

これは東日本大震災の実体験である。港町女川は、大津波をまともに受けて、大きな被害を受けた。越田さんは、実家を流された。そうしてそこに一人暮らしていた父が、一時行方不明になった。罹災した生存者は方々の避難所に散って、誰がどこに居るのか、混乱の極みにあった。「生存者の手書き名簿」なるものに父の生存を確認して、その心中いかばかりであったかとおもう。震災、津波の歌は実にたくさん詠まれたが、こういう切迫した自身の体験の歌は、まず見ない。

中学の同級生の十五人帰らぬ人となりし現実

この歌も息を呑んだ。同級生が、なんと十五人も大津波の犠牲になった。一人二人ではないのである。改めて東日本大震災の圧倒的な「現実」をおもう。『海に向く』の中心的作品は、この「現実」を具体的に、まさにわがこととして、詠ったところにある。

わかくさの恥ぢらふ少女の面差しのこけし捨てあり燃えるゴミの日

これなどは日常生活のスケッチだが、わるくない。こけしは、みちのくの、特に宮城県、山形県の民俗人形だが、わが家にも二、三十本あるけれど、同じ東北人として、「燃えるゴミの日」に出されているのを見れば、ふるさとが捨てられているような感じがして胸が痛むのである。この歌は、上句が繊細に見ていてとてもよい。

店先に子猿飼ひゐき石巻「サルコヤ玩具店」おもふ日のあり

越田さんは、高校は石巻の女子高に進んだ。女川から電車で通学したのではないかとおもわれる。その石巻の町の思い出だが、おもしろい歌で、遠き日への郷愁が、具体的に歌われていて、わるくない。店先に、おそらく紐で繋いで、子猿を飼っている。その名も「サルコヤ」という。あの店は、その後どうなったのだろう。今も店を開いているのだろうか。津波には会わなかったか。ふるさとを思う感情は、つねにこういう具体的な映像を伴うものである。また、そうでなければならない。

おもむろに頼みがあると父の言ふ赤ボールペン買つて欲しいと

津波から生還した老いたる父を、おそらく東京の家に引き取ったのであろう。老いて、子供の家に引き取られて、人はこれを幸福な晩年というのであるが、そんな単純なものではないだろう。ある日、思い詰めたように父が言う。頼みがある。何事かとおもえば、赤のボールペンを買ってほしい、と。

せつなく、悲しい歌である。

『夜明け前』を読み通ししは前世紀四肢に力の漲りゐしころ

こんな歌もある。藤村のかの有名な『夜明け前』は、かなり退屈な小説で、わたしは学生時代読んで、読み通せず、途中で投げてしまった思い出がある。それを越田さんはおそらく中年になって読んで、読み通した。実にえらい、と拍手したい。この歌も下句がいい。四肢に力の漲るという頃でないと出来ないことが、一冊の小説を読むような場合にあっても、人間にはあるのである。

付箋をつけた歌は、ほかにもいくつもあるのだが、紙数がつきた。海外旅行の歌なども行動的で、印象にのこるものがあった。作者はなにをやるにも熱心で、計画的で、行くところまで行かないと気がすまない人のように見受けられる。この第一歌集の出版を機に、いよいよ励まれ、よき歌、おもしろき歌を詠まれることを切に期待するものである。

あとがき

私が短歌に興味を持ったのは一九九一年、ふるさと宮城県女川町に高村光太郎の歌碑が建てられた頃のことです。

海にして太古の民のおどろきをわれふたたびす大空のもと　　高村光太郎

この歌に触れて朗々と心が動きだしたことを覚えています。わが町女川のことを詠っていると思ったのですが、実際は光太郎が若い日に船で欧州へ留学に向かう折、いずこかの異国の地で目にした光景と言われています。光太郎は昭和六年に三陸沿岸を歩き一篇のエッセイを残しています。その時は女川も訪れて、一夜漁船に乗り込み漁を体験したことの一部が文学碑となり歌碑と並んで立っておりました。私は帰省するたびその碑の前に立って、峡湾型のふるさとの海を見ていました。

二〇〇三年に小池光先生のカルチャー教室に参加して、大震災の二〇一一年まで教えを仰ぎました。教室では短歌の読み方をじっくりとそしてダイナミックに教授していただき、短歌が大いなる文学であると思うようになりました。一方、詠み方は自分の問題意識によるところがあり、かなりの修練が必要と感じました。二〇〇五年には「短歌人」に入会して今日に至っております。

この間、不意打ちのように私自身が病を得て、しばらくして千年に一度と言われる東日本大震災で生家が流されるという困難に直面しました。そんな中でも短歌だけは続けて来ました。「短歌人」に入会のお世話をしてくださった方のひと言、「欠詠をしないで」を折々思い出すことがあります。いまも短歌に生きる力をもらい続けているような気がしています。

震災が来たその日まで、女川に独り暮らす高齢の父がおりました。父は震災の少し前に、怪我をして町の老人施設に一時入所しており、三月十一日の大津波には施設職員の適切な避難誘導のお陰で難を逃れることができました。しかし、その後の混乱の最中、父は避難所を転々とすることを強いられ、行方不明がしばらく続きました。一カ月半後やっと連絡が付き、父を東京のわが家に迎え一緒に暮らして六年。父は九十五歳まで力の限り生き、二〇一七年春静かに逝きました。この間のことは歌にしてこの歌集に収めました。過ぎてしまえばすべては必然のように思えてしまうのですが、現実はややほろ苦く、そして噛みごたえのある日々でもありました。

二〇一九年〜二〇二〇年の新型コロナウイルスのパンデミックを目の当たりにして、私の短歌にも時代の区切りをつけなければと思うようになりました。振り返れば、生活基盤を決定的に揺るがした東日本大震災から来年で十年になるということも相まってここに第一歌集を編むことに致しました。

集題にはとても頭を痛めました。震災直後は「海」という言葉を聞いただけで身の縮むような気がしたものです。今でも海のそばに行くと海面が急に盛り上がってくるように感じることがあります。夜明けからの漁船のエンジン音、魚市場の競りのサイレン音、生臭く、言葉の荒々しい昔の生活場面がフラッシュバックしてくることもあります。しかし、被災の町に心を寄せて下さった全国の皆様のこと、海外からの力溢れる支援が届いたときのことなどを思うと今も胸が熱くなります。

震災からの復興はとてもゆっくりのように見えますが、故郷の人々が慎重に自分たちの未来を選び取っているのは心強い限りです。遠くから見守ることしか出来ずにいる私が、いつしかふるさと女川から励まされているのに気がつくことがあります。

　女川の役場は半旗を掲げつつ海に向かひてさらぼうて立つ

昔から故郷では、墓はみな海に向いて立っています。あの災害で町の犠牲者は八百人を超え、中学時代の同級生十五人もそのなかに含まれています。きっと彼らの墓も海に向かって立っているに違いありません。それらの霊に向き合うとき、海が私を育んでくれていたことに気付き『海に向く』という題を選びました。

はじめに述べました光太郎の歌碑は津波によって破損したものの、町民の意志で修復されて以前よりやや小ぶりになりながら海を見下ろす丘に立っています。それを確認するように今は誰も待つ者のない故郷に帰ることがあります。

本歌集のために、二〇〇三年に短歌を本格的に始めて以来現在までの数多の歌の中から三百三十首を選びました。歌はほぼ年代順に並べましたが、時代が少し前後するものもあります。これが私の短歌の道筋という考えに辿り着きました。私の歌のスタイルはリアリズムです。それらは、詠わなければ時間の流れにあぶくのように消えて行ったことでしょう。人生に寄り添う短歌はすこし気恥ずかしくもありますが、反面、本当の自分の姿に向き合うということでもあります。

この歌集には多くのみなさまにお力添えをいただきました。長年歌をご指導いただいております小池光先生には、この度は身に余る跋文を頂きました。心に沁みるおもいです。ありがとうございました。

短歌人会の歌友のみなさまには日々、お励ましをいただきありがとうございます。

表紙カヴァーに装画を提供して下さいました長年の友人で画家の浅野輝一さんに深く感謝致します。装画は油彩画「ある情景」の一部より採らせていただきました。

本書の出版に際して六花書林の宇田川寛之さん、鶴田伊津さん、装幀家の真田幸治さんにはひとかたならぬお世話になりました。厚くお礼を申し上げます。

二〇二〇年 中秋

越田慶子

著者略歴

1943年10月1日、宮城県女川町生れ
2005年4月、「短歌人」入会
現在、「短歌人」同人2

海に向く

2020年11月22日 初版発行

著 者――越田慶子
〒184-0003
東京都小金井市緑町3-12-8

発行者――宇田川寛之

発行所――六花書林
〒170-0005
東京都豊島区南大塚3-24-10-1A
電 話 03-5949-6307
FAX 03-6912-7595

発売――開発社
〒103-0023
東京都中央区日本橋本町1-4-9 フォーラム日本橋8階
電 話 03-5205-0211
FAX 03-5205-2516

印刷――相良整版印刷

製本――仲佐製本

定価はカバーに表示してあります
ISBN978-4-910181-10-3 C0092